ÉLOGE

DE

L'IMPRIMERIE.

IMPRIMERIE ET FONDERIE DE J. PINARD,
RUE D'ANJOU-DAUPHINE, N° 8.

ÉLOGE

EN VERS

DE L'IMPRIMERIE,

PAR UN TYPOGRAPHE.

PARIS,

AMBROISE DUPONT ET Ce, LIBRAIRES,

RUE VIVIENNE, N° 16.

M DCCC XXVII.

Ce petit ouvrage fut composé il y a plusieurs années, et adressé à un ami de l'auteur, sous le titre et la forme d'épître ; ce qui explique les négligences échappées à la facilité d'une plume qui revient d'autant moins sur elle-même, qu'elle n'a jamais rien écrit que pour l'amitié.

En le publiant aujourd'hui, on a l'intention de rendre hommage au bienfait qui maintient la liberté à cette branche si importante et si noble de l'industrie française, et que d'habiles artistes ont portée au plus haut degré de perfection.

Puisse le public accueillir avec indulgence une production où sont exprimés les sentimens les plus purs, où respire le plus noble enthousiasme !

ÉLOGE

DE

L'IMPRIMERIE.

Que la plume, en long bec taillée à son revers,
Sous la main qui la guide offre des traits divers;
Que de ces traits unis la forme et l'assemblage
De nos moindres pensers soient la fidèle image;
Qu'ils retracent enfin ce que déjà l'esprit
Après l'avoir conçu, la parole nous dit;
Cet art, convenons-en, ame de l'industrie,
Du commerce, des lois, des rapports de la vie,
Messager de bonheur, de peine ou de plaisir,
Image du passé, règle de l'avenir,
Pour ces mêmes besoins ne pouvait plus suffire.
L'homme d'un vol rapide étendait son empire;
Vaste dans ses projets, fécond dans ses moyens,
Lui-même chaque jour augmentait ses liens.
Mais qu'aux effets nombreux de son expérience
Il voulût joindre encor les fruits de la science;
Que de l'antiquité reculant les leçons,
Des plus riches trésors il augmentât son fonds,

Quel fruit lui rapportait cette ardeur de s'instruire,
Ce besoin d'enseigner, ce désir de tout lire,
Lorsque des bons auteurs les ouvrages transcrits
Ne s'acquéraient jamais qu'aux plus énormes prix; [1]
Qu'en raison des besoins, plus rare chaque ouvrage
Du riche seulement devenait le partage, [2]
Et que des ouvriers le nombre insuffisant
Pour les multiplier demeurait impuissant?
Mais c'était peu : malgré tous les soins qu'un copiste,
Zélé, bon écrivain, correct, même puriste,
Apportât chaque fois à ses transcriptions,
Combien d'erreurs encor, combien d'omissions,
De signes négligés, de lettres effacées,
Dénaturaient le sens, altéraient les pensées, [3]
Sur les meilleurs écrits jetaient d'obscurité,
Et tenaient le lecteur mille fois arrêté!
Eh! qu'attendre, il est vrai, de la faiblesse humaine?
Qu'espérer d'une main toujours plus incertaine,
Plus jalouse de plaire et flatter les regards
Que prompte à revenir sur ses propres écarts,
Sans guide très souvent, plus souvent mercenaire,
Et mesurant son œuvre au poids de son salaire?
Ajoutez qu'en raison de la nécessité
D'apporter au travail beaucoup d'activité,
L'art d'abréger les mots, borné dans sa naissance,
Acquérait chaque jour d'autant plus de licence,
Et qu'à les déchiffrer le commun des lecteurs,
Moins propre chaque jour, tombait dans mille erreurs.
De là, n'en doutons point, tant de faux commentaires,
De textes obscurcis, d'opinions contraires,

Tant de prétentions, de puérilités,
D'ignorans en crédit, de Zoïles vantés.
Supposons toutefois la plus belle écriture
Dont l'ensemble offre à l'œil, par sa mâle structure,
Et les proportions, et l'uniformité,
Tous les types réels d'une exacte beauté,
Combien son existence encore est peu durable!
Que nous offrent, ces traits, d'empreinte ineffaçable?
Quels garans spécieux de leur solidité?
Quels élémens en eux contre la vétusté?
Y trouve-t-on enfin un signe de durée?...
Ah! de les rabaisser loin de moi la pensée:
Moi-même de cet art j'ai chanté les bienfaits,
J'ai peint ses agrémens, j'en ai dit les effets;
Quel trophée aujourd'hui manquerait à sa gloire?
De la Typographie il commence l'histoire!...
Elle était dans son sein... O Muse, inspire-moi;
Plus que jamais ici je m'abandonne à toi:
Je vais chanter mon art. Le premier, dans Mayence,
Guttemberg (un mortel!) en conçut l'existence. [4]
Ce ne furent d'abord que d'informes essais,
Que suivirent dans peu les plus brillans succès.
D'une funeste erreur secouant le prestige, [5]
L'Allemagne bientôt accueillit le prodige :
Strasbourg, Harlem, Venise et Rome dans leur sein
Des plus rares écrits virent naître un essaim:
L'antiquité parut!... mille flots de lumière
Jaillirent à la fois sur l'Europe grossière.
On eût dit un chaos à l'instant dissipé,
Tel Phœbus de la nuit perce l'obscurité.

L'enseignement naquit : des fausses hyperboles
Aristote, Platon, purgèrent les écoles;
D'une saine doctrine on recueillit les lois;
La simple vérité fit entendre sa voix;
Cicéron des rhéteurs fut le guide fidèle,
Et sa voix au Forum retentit immortelle;
Horace de son art indiqua les secrets;
Des pères de l'Église on connut les décrets.
Tout fut régénéré; tout par l'Imprimerie
Prit un nouvel essor, reçut une autre vie.
Le bourgeois, l'artisan, le prince, le sujet,
Et le pauvre lui-même, eurent part au bienfait. [6]
Oui, bienfait, je dis bien; d'autres ont dit magie....
Comment peindre en effet de la Typographie
Ce pouvoir de produire à nos regards surpris,
Dans un rapide instant, mille traits réunis?
Que dis-je? mille mots, une foule innombrable,
Que suit à la minute une foule semblable,
Dont l'empreinte, et la forme, et l'ordre, tout enfin
Semble leur assurer un éternel destin?

Dans un coffre roulant sur deux bandes unies
Par un jeu combiné de pièces assorties,
Qu'au moyen d'un cylindre on meut à volonté,
Plane de sa surface, un marbre est ajusté.
Sur ce corps de niveau l'on arrête la *forme :*
Deux *jumelles* debout, l'une à l'autre conforme,
Supportent un *sommier* de bois fort et très sain,
Égal pour la distance au passage du *train.*
Une vis part du centre, un pivot la termine;

Sa pointe dans un grain surmonte une *platine*
Ou de fer, ou de fonte, ou de bois lisse et fort,
Telle que sur la *forme* elle tombe d'accord.
Dans l'arbre de la vis un long *barreau* s'enchâsse,
Qui contre la *jumelle* en retournant se place.
C'est par lui que la vis reçoit le mouvement,
Et que la pression s'opère au même instant;
C'est ainsi que le *train* conduit sous la *platine*
Reçoit en un clin d'œil l'effort de la machine.
Tel est le jeu complet.[7] Je ne vous dirai pas
Que de deux ouvriers il occupe les bras:
L'un d'un noir préparé couvre la *forme* entière;
L'autre sur un *tympan*, qu'une double charnière
Tient en dehors du coffre, étend le papier blanc,
Qu'il recouvre soudain par un autre *tympan*.
Ce dernier, plus connu sous le nom de *frisquette*,
Au caractère seul laisse une place faite;
Tout dès lors sur la *forme* est abattu; soudain
Elle roule, est pressée, et revient sur son *train*.

Du rapport mutuel de l'une à l'autre pièce,
De leur solidité, surtout de leur justesse,
Dépend sans contredit la bonne impression.
C'est peu qu'on ait soigné la *composition*,
Qu'elle soit jusqu'au bout à soi-même semblable;
Les titres élégans, la marge *raisonnable*,[8]
Qu'enfin du caractère on vante la beauté;
Si dans la pression il n'est d'égalité,
Que tel ou tel *endroit manque* par le *foulage*,[9]
Les vices de *couleur* dépareront l'ouvrage.

L'œil avant tout, l'œil seul désire être flatté.
Ce qui d'abord le touche est l'uniformité,
La teinte, le papier : il voit avant de lire;
Il juge à sa manière, il condamne, il admire:
Eh! combien, de leurs yeux suivant le sentiment, [10]
Sur ce premier aspect fondent un jugement!
Des chefs-d'œuvre de l'art qui fonde le mérite?
Qu'admire-t-on en eux, si ce n'est leur *conduite,* [11]
La teinte toujours une, et cet accord parfait, [12]
Ce rapport en tous sens des pages d'un feuillet?
Mais aussi que de soins ont préparé leur gloire!
L'artiste, plus jaloux de vivre dans l'histoire
Que soigneux d'acquérir et d'assurer son gain,
Ne sait rien épargner pour cette noble fin. [13]

Cependant que nos yeux, contemplant un ouvrage,
Aux talens de l'artiste accordent leur hommage,
Ce mérite a son prix; mais d'un plus beau talent
Il n'est, ne fut jamais que l'heureux complément.
Et quel est en effet de l'art par excellence,
De la Typographie, et l'esprit et l'essence,
Le principe, la fin, l'objet, l'intention?
Quel est-il, cet objet? Rien que l'instruction,
Utile en tous les temps, de nuls regrets suivie,
Seul fondement enfin du bonheur de la vie:
Je n'en connais point d'autre. Ainsi la vérité
Par elle se transmet à la postérité;
Les grands traits de vertu, les oracles des sages,
Les types du vrai beau passent dans tous les âges:
Législateurs, guerriers, philosophes, savans,

Tous habitans du Styx, sont par elle vivans.
C'est pour nous que jadis fut écrite l'histoire;
Des héros expirés pour nous brilla la gloire;
L'Imprimerie enfin, en tous temps, en tous lieux,
Tient le livre du monde ouvert à tous les yeux.
Et tel est cependant l'auguste ministère
Dont l'artiste éditeur revêt le caractère.
Oh! combien ses devoirs me semblent étendus!
Qu'il lui faut avant tout posséder de vertus,
D'austère probité, de talens, de science,
D'esprit solide et vrai, de rare intelligence!
Non, ce n'est point assez que des meilleurs écrits
Il sente le mérite, en connaisse le prix;
Que du grec, du latin, ayant un long usage,
Il sache discerner les erreurs de langage,
Les infidélités, le texte vrai du faux,
Et les omissions, et les moindres défauts;
Que lui-même, versé dans la littérature,
Puisse offrir sur ce point des garans de culture,
Et que, d'un jeune auteur aristarque indulgent,
Soit en vers, soit en prose, il se montre exigeant;
Que de sa langue enfin, sa langue maternelle,
Puriste consommé, cité comme modèle,
Il connaisse l'esprit, respecte en tout les lois,
Et de termes heureux fasse toujours un choix;
Ah! d'aussi beaux talens, de tant d'intelligence,
Que n'ont point à risquer chaque jour l'innocence,
L'ordre public, les lois, et la société,
Lorsque, peu délicat en fait de probité,
Sur l'article des mœurs peu scrupuleux du reste,

Un artiste, entraîné par son penchant funeste,
Ne consultant jamais qu'un sordide intérêt,
A ne servir que lui se montre toujours prêt!
Ah! combien en est-il dans le siècle où nous sommes,
Véritables fléaux, empoisonneurs des hommes,
Préconiseurs du vice, ennemis du seul bien,
Pour qui l'argent est tout, et la morale rien!
Qu'on vante leur bon goût, leur esprit, leur génie,
De leurs éditions la richesse infinie,
Quels que soient de leur art le mérite et le prix,
Peuvent-ils, à mon gré, les sauver du mépris?
Pleure, pleure sur toi, jeunesse trop avide,
Qui du vice à longs traits bois la coupe perfide,
Dont les yeux chaque jour sur les romans fixés,
Plus épris chaque jour, n'en savent lire assez;
Ou plutôt que la foudre en éclat vous consume,
Coupables messagers d'une lubrique plume;
Pire qu'un noir venin que déguise un beau fard,
L'art des arts dans vos mains se change en vrai poignard.

Pardonne à mes accens, sublime Imprimerie,
Cher soutien de mes jours, délices de ma vie;
Peu jaloux de grands biens et sans ambition,
Vers toi je m'élançai par inclination.
Je fuyais le commerce et son esprit avide,
Un art seul de mon cœur pouvait remplir le vide;
A le chercher dès lors j'employai mes instans:
Je te vis, tu me plus, tu reçus mes sermens.

Dire que de douceurs, quel charme irrésistible

Tu m'offris chaque jour, me serait impossible.
Je sentais par degrés ma raison se former,
Mon esprit s'embellir, et mon goût s'épurer.
Je me disais : O toi, premier dépositaire
Des produits d'un Rousseau, d'un Buffon, d'un Voltaire,
Sans doute quand ta main *composait* leurs écrits, [14]
Toi seul encor, toi seul en savourais le prix.
Combien tu jouissais en préparant leur gloire!
Ici de l'univers tu retraçais l'histoire;
Là tu brûlais des feux d'Orosmane éperdu,
De Zaïre en secret tu plaignais la vertu;
Heureux, cent fois heureux, quand d'une main docile
Tu méritas l'honneur de *composer* Virgile;
Ou bien quand des mortels ressuscitant les droits,
Ton art brisait leurs fers et leur dictait des lois!
De ces rares talens tu goûtais les prémices;
Tu puisais seul encor ces torrens de délices,
Ces rayons de lumière où le monde à jamais
Devait puiser un jour son bonheur et la paix.
Ainsi l'art de concert marche avec le génie;
A ses lauriers futurs sa gloire s'associe;
L'un invente, conserve, édifie ou détruit,
L'autre de siècle en siècle en propage le fruit.

Tels étaient mes pensers, telle aujourd'hui mon ame
Pour l'objet de mon choix de plus en plus s'enflamme.
Tout chaque jour accroît, flatte ma passion;
Aux agrémens de l'art se joint l'instruction.
Ainsi, de l'orateur interprète fidèle,
De l'éloquence en lui je trouve le modèle;

Le poète en ses chants m'invite à l'imiter ;
Le sage historien m'apprend à raconter.
Il n'est pas un écrit, nul sujet ordinaire,
Qui ne renferme en soi quelque avis salutaire.

De l'art de composer cependant qu'en mes vers
Je prétende assigner les préceptes divers ;
Que de son mécanisme ici marquant l'usage,
J'en fasse ressortir l'indicible avantage ;
Surtout que de cet art j'indique avec clarté
Le véritable esprit, hélas ! trop ignoré ; [15]
Ma Muse, je le sens, ne saurait y suffire :
Bornons à quelques lois tout ce qu'on en peut dire.
C'est le choix des moyens qui forme la beauté ;
Mais il n'est point de beau sans la simplicité.
Surtout qu'entre les mots, constante et soutenue,
L'aimable égalité frappe toujours la vue.
Combien de mots souvent pressés et confondus,
Lorsque bientôt après les mots semblent perdus !
L'isolement déplaît, la confusion blesse ;
Il est un milieu juste et qui seul intéresse ;
Alors l'œil du lecteur semble être plus flatté,
Il lit plus aisément et n'est point arrêté.
Cet ensemble le touche, il jouit, il admire,
Il comprend des beautés qu'il ne saurait point dire ;
Mais cet ordre parfait, ce vernis éclatant,
Ce charme inexprimable en un titre existant,
Tout l'entraîne, il s'écrie, et bientôt son hommage
Entre l'art et l'auteur malgré lui se partage.
Tel est du vrai talent l'inévitable effet.

Mais que tentai-je ici dans mon zèle indiscret?
Où m'emporte sans guide un orgueil téméraire?
Je donne des leçons alors qu'il faut me taire.
Ah! sachons nous connaître, et consultons plutôt
Nos maîtres à jamais, Crapelet et Didot; [16]
Didot, toi qui de l'art as franchi la limite,
Qu'en tous lieux on admire, et que toujours on cite;
Oui, par toi d'un auteur l'ouvrage est éternel,
Et Racine oublié deviendrait immortel. [17]
Racine! juste Dieu! quel charme inexprimable!
Quel art toujours nouveau, mais toujours véritable!
Oui, c'est là chaque jour qu'épris de ses attraits,
Je puiserai de l'art les préceptes muets;
Je reverrai cent fois chaque mot, chaque page,
Et je voudrais toujours les revoir davantage.
Tes chefs-d'œuvre, Didot, sont mes autorités,
Mes guides les plus sûrs, et les moins contestés.

« Mais, dira l'intérêt, ce beau talent, je pense,
« T'offre de grands profits, du moins, en récompense;
« Sans doute que chez toi l'or abonde, et jamais
« De l'importun besoin tu ne ressens les traits? »
Jamais!... Oui, si le Ciel, par un prodige extrême,
Las de prêter son aide à l'ignorance même,
Vers moi tournait enfin ses faveurs en changeant
La *casse* en coffre fort, les *lettres* en argent;
Alors, sans doute alors, puisant à cette source,
Je deviendrais peut-être un suppôt de la Bourse;
Chacun de m'accueillir, et, tempérant leurs mœurs,
Tous, jusqu'à tel banquier, de se faire imprimeurs.

Entre eux et moi dès lors plus d'intervalle immense,
Le magique secret comblerait la distance;
Je serais honoré, cité pour mon crédit,
Et l'on verrait mon nom dans le collége inscrit.
Mais, hélas! point de biens, partant point de noblesse;
Le travail est mon fait, et non pas la richesse;
Trop heureux si le jour, commencé dès la nuit,
Me laisse quelque espoir pour le jour qui le suit!
Point d'humeur toutefois; à ma triste existence
J'oppose de mon art la douce jouissance;
Et puisse un jour la mort, terminant mon destin,
Me surprendre au travail le composteur en main!

NOTES.

[1] Ne s'acquéraient jamais qu'aux plus énormes prix.

Il serait trop long de rapporter toutes les preuves de cette allégation. Galien, en son commentaire sur le 3e livre des *Épidémies* et sur le premier livre de *la Nature de l'homme*, rapporté par Ptolomée Philadelphe; Donat Acciaiolus à Jacques Picolomini, cardinal de Pavie; Antonius Bononia Becatellus, surnommé Panorme, à Alphonse, roi de Naples; Gaguin à Guillaume Frichetus; Pétrarque, au sujet de son maître de rhétorique Tuscus; Brassicanus sur l'empereur Frédéric III, etc., etc., font tous mention de la cherté excessive des manuscrits, et de la presque impossibilité d'en acquérir. « Le prix des maisons, dit l'un d'eux, était à peine capable « d'égaler la valeur d'un manuscrit. — Aussi, dit un autre, étaient- « ils laissés par testament, comme un grand héritage. — Les sou- « verains, ajoute un troisième, ne savaient mieux gratifier un « ambassadeur étranger, qu'en lui faisant présent d'un livre ma- « nuscrit. — En sorte, finit par remarquer Jean de La Caille, « auteur d'un recueil de recherches typographiques, qu'il n'y avait « à cette époque que les rois ou les gens très riches qui pouvaient « prétendre aux sciences, les pauvres en étant entièrement exclus « par le prix excessif des ouvrages. »

[2] Chaque ouvrage,
Du riche seulement devenait le partage.

Voyez la note ci-dessus.

3 Dénaturaient le sens, altéraient les pensées.

Guillaume Frichet, docteur en théologie de Paris, complimentant Jean de La Pierre, prieur de la maison de Sorbonne, au sujet de l'impression des épîtres de Gasparinus de Pergame, lui disait à la fin que « la république des lettres avait le déplaisir de voir tous les « livres presque devenus barbares par la faute des scribes »; et il ajoutait: « Je suis bien aise que vous ayez chassé cette *peste* de la « ville de Paris. »

4 Le premier, dans Mayence,
Guttemberg (un mortel!) en conçut l'existence.

Je m'arrête peu aux disputes qui ont eu lieu relativement au véritable inventeur de l'Imprimerie. L'opinion générale en attribue la découverte à Guttemberg. Quelques villes sont partagées à cet égard : je conçois que le lieu, théâtre d'une aussi belle invention, doit revendiquer vivement la part de gloire qui en rejaillit sur lui. Pour nous, recueillons-en les avantages, et tâchons de trouver la nôtre dans le perfectionnement de cette industrie et dans le noble usage auquel nous l'appliquerons.

5 D'une funeste erreur secouant le prestige,
L'Allemagne bientôt accueillit le prodige.

Les inventeurs furent, dans le principe, accusés de magie : c'est au point qu'ils firent passer les premiers livres de leurs presses pour de véritables manuscrits. Ils étaient obligés de se servir de vélin pour les mieux déguiser. Entr'autres circonstances relatives à cette accusation, le Parlement de Paris rendit un arrêt en faveur de Fauste, l'un des imprimeurs, et reconnut que c'était *par le moyen de l'art admirable de l'Imprimerie que ses Bibles avaient été publiées.*

6 Et le pauvre lui-même, eurent part au bienfait.

Erasme, dans sa préface de Tite-Live, in-f°, 2 vol., 1519, me fournit son témoignage : « Quelle louange, dit-il, ne devons-nous « pas donner aux imprimeurs, qui nous donnent tous les jours, « *pour peu de chose, des volumes entiers!* Si Ptolomée Philadelphe « s'est acquis une grande réputation par l'amas d'une grande biblio- « thèque, quelle récompense pouvons-nous offrir à ceux qui nous « fournissent tous les jours des mondes entiers de livres de toutes « sortes de langues! »

7 Tel est le jeu complet.

J'ai tâché de décrire une presse, et j'ai pris mon modèle dans celles dont on se servait encore il y a une vingtaine d'années, qui, à quelques modifications près, étaient les mêmes que celles des inventeurs de l'Imprimerie. C'est un hommage que je devais rendre au génie créateur. On a beaucoup perfectionné cette machine depuis quelques années. Du reste, un homme de l'art pourra seul apprécier l'exactitude de mon tableau.

8 Les titres élégans, la marge *raisonnable*.

Raisonnable! s'écriera un puriste. Ici, comme en d'autres vers, j'emploie l'expression technique, celle de l'ouvrier, et non du puriste.

9 Que tel ou tel *endroit manque* par le *foulage*.

Autres expressions reçues parmi les typographes. L'unité de foulage constitue le mérite d'une presse. Supposez un in-f° aussi grand, aussi plein, et dont le caractère soit aussi petit qu'on le puisse imaginer; si toutes les lignes, toutes les lettres *viennent* également, paraissent également, c'est que le foulage de la presse est parfaitement le même de toutes parts. Quant à la teinte, c'est le fait de celui qui *touche,* c'est-à-dire qui imbibe d'encre le caractère. Il lui appartient de tenir toujours la même couleur, ce qui n'est pas l'une des moindres beautés de l'impression.

10 Eh ! combien, de leurs yeux suivant le sentiment,
Sur ce premier aspect fondent un jugement !

J'ai souvent été à même de reconnaître la vérité de cette réflexion; et beaucoup d'autres l'ont observé également. Il est certain qu'une belle impression invite singulièrement à lire un ouvrage. On suppose sans doute alors que l'imprimeur n'a pas voulu être au-dessous de l'écrivain, ou que le libraire-éditeur a eu de son ouvrage une opinion telle qu'il n'a pas hésité à faire les frais nécessaires pour que le tout allât de pair. — La plupart des éditions de luxe sont ornées de vignettes gravées sur bois par M. Thompson, dont le talent a enrichi la typographie d'une foule d'ornemens de très bon goût. Ce genre est encore un perfectionnement de l'art; plusieurs de ces vignettes rivalisent avec la taille-douce.

11 Qu'admire-t-on en eux, si ce n'est leur *conduite?*

Voyez la note 8.

12 Et cet accord parfait,
Ce rapport en tous sens des pages d'un feuillet.

C'est ce que les imprimeurs appellent *registre*. Le registre consiste dans le parfait accord des deux pages d'un feuillet (recto et verso), c'est-à-dire, dans l'action de faire tomber les lignes d'une page sur les lignes correspondantes d'une autre, les folio l'un sur l'autre, en sorte qu'aucune lettre, de droite et de gauche, de la page impair et de la page pair, ne ressorte plus ou moins en dehors des lignes, et que la marge reste parfaitement la même de toutes parts. Voici une variante de ces vers qui peut-être rendrait mieux la pensée :

Et ce parfait rapport
Des pages en tout sens tombant toujours d'accord.

[13] Ne sait rien épargner pour cette noble fin.

Nombre d'imprimeurs sacrifient une grande partie de leur fortune pour n'avoir que d'excellentes presses. Chez eux point de marbres ni de platines en bois; les uns et les autres sont en cuivre ou en fonte, tout le reste est en fer. Alors plus de solidité, plus de précision, plus de justesse; les pas de vis ne sont ni trop droits ni trop penchés ; d'habiles mécaniciens ont fabriqué toutes les pièces; le foulage est *un* dans la force du terme, nul besoin de *hausses*, moins de peine pour l'ouvrier, l'impression est parfaite. (Le mécanicien Gaveaux peut être cité pour la justesse des presses qui sortent de ses ateliers.)

[14] Sans doute quand ta main *composait* leurs écrits.

On appelle, en termes de l'art, composer, réunir les lettres dans un composteur, pour former les mots et les lignes.

[15] Le véritable esprit, hélas! trop ignoré.

Ceci est une redite; mais la chose est si importante par elle-même! l'esprit de la typographie est si mal saisi quelquefois!... Ce vers n'est malheureusement pas sans motifs.

[16] Nos maîtres à jamais, Crapelet et Didot.

Combien d'excellens artistes ont mêlé depuis leurs noms à ceux que l'auteur rappelle dans ce vers! Les Pinard, les Rignoux, les

Tastu, les Fournier, etc., grossissent chaque jour le faisceau élevé à la gloire de la typographie française; leurs éditions rivalisent toutes de pureté, de beauté et de perfection en tout genre.

17 Et Racine oublié deviendrait immortel.

Le Racine in-f° de M. Didot est le plus beau monument typographique qu'on ait pu élever à la gloire de l'auteur de *Phèdre* et d'*Athalie*. Il ne fallait rien moins sans doute que la perfection des pièces de Racine pour déterminer ce célèbre imprimeur à une édition aussi dispendieuse. Mais s'il était possible que les hommes perdissent un jour tout sentiment des beautés poétiques, et qu'il leur restât cependant des yeux pour admirer ce qui frappe extérieurement, il est certain que le nom de Racine survivrait encore à la perte des lettres et du bon goût.

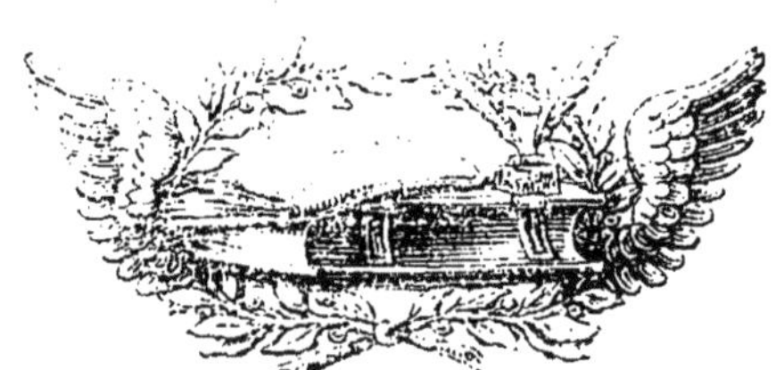

www.ingramcontent.com/pod-product-compliance
Ingram Content Group UK Ltd.
Pitfield, Milton Keynes, MK11 3LW, UK
UKHW020547230726
13925UKWH00006B/2449

9 782014 065596